Erwin Schrödinger

シュレーディンガー詩集

恋する物理学者

エルヴィン・シュレーディンガー

Emi Miyaoka

宮岡絵美［訳・編］

書肆侃侃房

シュレーディンガー詩集

恋する物理学者

"Himmelhoch jauchzend, zum Tode betrübt…"
天に昇るほど歓喜し、死ぬほど悲嘆にくれる…

Johann Wolfgang von Goethe

シュレーディンガー詩集　目次

GEDICHTE

by

Erwin Schrödinger

Hergestellt 1949 in der Druckerei Friedrich Wagner, Duderstadt

装丁・写真——毛利一枝
Artwork object : S.Luca.S（2022）
Mouri object collection

Ⅰ章

かくまわれて

急ぐように流れる銀色の泉の上
白い鳥が青い空にいる
そして白い雲は風のなかで陽を浴び
遠い山々は靄のなかに消え失せる

オークの枝々の緑の薄明に
苔の上を太陽の射点*が
這い、育ち、高く昇ってゆき
褐色の幹をたどってゆく

太陽の射点を忘れる場所があったなら――
雲や山々はこの地上より軽やかだ
高く伸びたシダが、好奇心と羨みから
彼女とともにいるあなたを守りかばうときに

*射点
太陽の光が細く、点のように射している様子。

若い愛

あなたによってすべての世界が再び美しくなる
すべては還ってきて
わたしを人生に引き戻してくれる
まだそれが美しかった頃に
光がきらめく砂利の上で揺らめいている
人のいきいきとした感動をつくりだし、もはや影ではなく
生きて、歩いている
長くおぼろげな眠りから目を覚ますように
私は緑で覆われた丘を見る
それは幻などではない

おお、なんとあなたは美しいのか…

憧憬

わたしが洗い、口づけし
拭ったあなたの足に向かい、幾日も夢を見た
なぜわたしは急に不安になるのか
一夜であなたのことを知らなかったなら…

あなたの甘美なくちびるを欲するように
わたしは無防備な衝動を持ってほとんどそれに気づかない
時は過ぎ、鐘が鳴った
そしてすべての幸福とあこがれは整った

もしあなたが女神でも、女王でもないなら
もしあなたがそうでないなら
誰がなお耐えようとするだろう
誰が小さな日の光のなかをこれ以上細々と生きてゆくだろう

人は生命の表層だけを感じて
速やかな消滅を喜んで承諾する
あなたの深みにわたしは消えて無くなってゆくのだから

影

壁ぎわに急いで逃げる人影
人の気配もない、むき出しの漆喰の壁に
なぜ君たちは急いでいるのか
誰が君たちの影に過ぎないものを
傷つけようと待ち伏せているというのか

あるいは約束の地に君たちの心は誘われ
あるいは君たちは静寂に立ち
君たちそのもののなかには何も呼び起こされない
君たちを見つけたランプだけがゆっくりと動く

そして果てへと過ぎ去ってゆく
たいしたことじゃない…
　　　　彼はまだその場所に、

静かに、いきいきと、また死んだように立っている
何も知らない、コケティッシュで
自信を持ったマリオネット
深い共感を抱いた観察者は
真っ暗な穴の中をのぞき込み
悲嘆にくれ、ハンカチで眼を押さえる

寓話あるいは放物線

友よ、我々の人生では
底まで深くおさえ込まれようとも
重要で大切に見えるもの
喜びと幸福にあふれた行い、
願望や思考は
もはや、我々が自然を究明するための実験のうちにある
計器の針の偶然の揺れ以外に意味を持たない
それは分子の衝突でしかない
光の斑点の狂ったような震えが
君に原理を感受させるのではない

君の歓呼や身震いするほどの感情が
この人生の意義ではない
まず世界精神が、動きはじめたら
何千もの試みが行われ
ついに結論が記録されるだろう――
もっとも、それは我々に関係があるのだろうか

六月

あの短く薄明るい夜に
恒星が北からあらわれるとき
日のなかの日、明るさのなかの明るさが流れてゆくとき
それらがほとんど絡み合ってひとつの長い日となるとき――

君の生命に破壊的に注がれる
まっくらな地獄の力より生まれたものを
君はほとんど忘れて
そのなかから救いが芽吹く
ただしく純粋な言葉を信じる

日々は傾く　そして静かに
君のはかり知れない憧れはすべて枯れ果ててゆく
暗闇は君の心に影を投げかける

熱い希求はすべて諷刺となる
息が詰まるような嘲り以外に残っていない
たとえ無に帰して、苦しむことになろうとも

恋のうた

あなたとわたし以外のだれも
どんなふうに起こったのか知らない
だれもそれを見なかった
わたしたちが心からのキスを交わしていたとき

だれも、だれも知らない
天がわたしたちを愛していることを
天がわたしたちに与えることを
知るものすべてを与えることを

そしてたとえ見られても
天はわたしたちのキスをなんとも思わない
広大な宇宙空間において
そうでなければすべては空しい

ただわたしたちだけ、わたしたちだけ
そして幸福
決して、決して後戻りはしない
あなたとともにいるほかには

もうひとつの

あなたの前の聖なるもの
私はひざまずく
あなたを通して吸い込む
世界の呼吸
わたしはあなたのもの
もしあなたがそれを気に入るなら
わたしは存在するのをやめる

第三の

一日が終わりゆくとき
あなたが遠くにいるとき
もはや何ものもわたしを引き止めないとき
世界は沈むようにある
わたしは死ななければならない
世界がよみがえる前に

夜は長く
平穏より短い
眠っていても、目を覚ましていても

ほとんど何も感じない
夢の中で目覚め
あなたのイメージだけが描かれる

太古の恒星たち
まさに神々が配置した
死すべきあらゆるものに向かって
獲得するための運命
選択の余地はない
私の運命は、勝ち取った

蝶

一匹の蝶がワインにおぼれて死んだ
わたしはそのなきがらをそっと取り上げた
羽のきらめきは
愛らしいほのかな光でグラスを覆っていた
わたしはそれを飲んで、そして眠った

この夜、わたしは支離滅裂な
まったく風変わりな夢をみた
一羽の、ほんとうの蝶の夢――
ほとんど憶えていないけれど

朝、目覚めると
恋人は穏やかに
わたしの腕のなかにいて…
彼女の唇のうえに、わたしは朝の祈りを見いだした

年月は去る

毎年新たなはじまりが
恩恵のなかへ君を高く掲げ
罪の深みに落とす
それで君は先に進めない

食事した飲み友達と別れ
そして再び見つけ出す
周囲を流れる出来事から
君を引きずりおろす、底へ、底へ

孤独が誰を傷つけるだろう
誰があえて孤独になるだろう——
孤独はからっぽのベンチから君に挨拶する
友人たちはかつて死を嘆き

彼らは失敗したのに、君は信じられるか
そして後に続く者は減り
弔いの丘の向こうに君は目を向ける
不安な将来の夢を見ながら——

それは自分の？——ああ、それは当てはまらない
誰も自身の死を経験しない
だから笑ってはいけない
喋り過ぎてはいけない
責めてもいけない

君もその一人なのだから

出会い

我々はお互いに、道の途中で偶然に出会い
わたしは君にあいさつし歩みより、ふたりで歩き出す
個々は並んでおしゃべりをする
我々は不特定な対のようなもので、互いに出会い
そして再び別れて——

しかしわたしは知っている
君がわたしに言ったことを
同じような方法で君は人生を育み
君の方法はわたしの方法と同じように

未来に向かっている

ふたりの人間がここにいるわけじゃない
君とわたしよりも近い
完全に一致した、いつも離れられないものとして
ともに鋳られたもの――

不思議な社会的遊戯《ソーシャルゲーム》のようにも思わないか
ペアが対になり、また別れる、一種の相反するダンス
無秩序な戯れ
お辞儀をし、さまよう幾人もの人々のあと
クロークにいる自分に気づく
もう帰ろうか

燃える灰

塵のなかからほのかに輝く石炭
我々には不完全にしかわからないものを呼び起こす

不十分にしか聞こえないものの名を呼び
それは遠いために、ほとんど気にならない

この静かな夜を最後にしよう
それはたいして価値があるわけではない
それほどすばらしいものでもない

全世界環に生きるものはすべて
せいぜい速やかな死で報いられるしかないのだから
君は多神を信じるのか、それともただひとつの神か
神々を呼べ、ひとつの神を呼べ
さもなければ嘲笑されるだろう
わたしは熱情のなかで灰が生きているのを信じる
どんなに善いとしても、それを羨まない

時と幸運

真夜中に死の時計の音を聞いた
ホテルの木の壁のなかで、悠然と鳴っている*
たった十数年、しかし
いつか人間という人間が経験してきた
すべての幸福を摘み集めるには十分だ

星々のなかで笑う幸運
見つめる眼差し、愛する人よ
長い年月は必要ない
そして夏の夜は続く

人生をかけて
わたしは運命と互角にある

*死番虫（シバンムシ）
木の中に食い込んでチクチクと音を立てるのが俗信では死の予告と解せられた。

なぜならば∵

あなたの眼にひとつの夢がある
性急で熱烈な、すばやいキスの幸せの
我々はそれに引き込まれ
あなたはもう元の場所へ戻ることはできない
人はそれを喜んで交わし
それは行われなかったことになる

優れた作品を誰もが知っている
我々はそれに屈してしまう
人はひと目で世界がわかると思っている

数週間後には、そのひと目で死に至る

あなたが望むなら、わたしは喜んで賭ける
すべてを一枚のこの手札の上にのせて
あなたなしではこの世界に耐えられない

十数える前に、あなたはわたしにうんざりしているだろう
わたしは嘆くのをやめて
あなたをありのまま受け止める
そう、まったくのおとぎ話だ

仮面舞踏会

彼女は白いベール越しに私を見て笑った
微笑み、笑った
私の人生を美しくしてくれた
今夜、そう今夜

彼女はベールの隙間から私にキスした
キス、そのキス
それは人生も人間も、ベールも忘れてしまうような
忘れて、忘れてしまって

彼女は今、ベールを後に押しやって
蝋燭のほのかなきらめきのなか
まっすぐに私のくちびるにキスをした——
今でもそれを感じている

十月、メラーノ*にて

黒みがかったぶどうの実った山腹に欲望が見えるか
最後のものだからこそ
そのように甘く満たされている
太陽は八月のように光り輝き照りつける
青の中にかかり、氷河の風が漂う

紫色が太陽のようにあたたかく口もとに輝く
元気づけるためにウィンクをした
彼女は変わらずあなたのもの
若い恋人がいるかどうかは、いったい問題だろうか

自分自身にも、他の人のなかにもあるよろこび
荒々しい終末が自身に向かい
成熟した年月となる
翌日の夜には霜が降る
もう雲は昇り、気がつけば
ぶどう園主の優美な収穫物は氷で守られている

*メラーノ
イタリア北部の都市。アルプスの観光基地、夏の保養地。12世紀から1420年までティロルの首都。1919年までオーストリア領。

失望

わずかだが数時間、逃れられると思った
この地上の牢獄から
いっしんに祈る身ぶりであなたに、あなたに
あなたがわたしを連れて行くようで

やがて周りは再び夜になって
もしかしたら明けることのない最後の夜
あなたはわたしの大きな希望を殺してしまった
ただ希望のためにむせび泣く

あなたのせいではない
喜んですべてを与えてくれた
わたしが請うたすべてを、ゆたかに
わたしに子どもを――
しかし困ったことに
あなたは千マイル離れた場所にいる

ただ不安な夜の胸騒ぎでしかないのだろうか
目覚めたとき、わたしたちはひとつになるだろうか
この夢は何だろう――私は思う
それは決して目覚めることのない最後の夜

疑い

もうすっかり酔ったわたしはそこに座りこんで
熱くためらうあなたのキスで
いまは春の夢のなか
神と全世界は沈んでいる

わたしは今日確信した
請い願う者たちの言うことだけが聞き入れられるのではなく
渇望する者たちにのみ与えられるのではなく
わたしが、あなたにとって幸せであるということを

何千もの縺れの懸念
それらとともに、世界がわたしたちを脅かす
生きるか死ぬかなどは気にしない
どちらもわたしをあなたに近づけてくれるならば

恋する詩人たち

測定された美に溶けてゆきながら
何年もの間あなたは戦ってきた
克服された古い悲しみ
それを抱えて、若人たちの声

たとえ世界が感嘆しても、嘲っても
気にかけるな
あなた自身の中にある
歪んだものを変える力
それはより大きな歩みに合わせてくれる

わたしたちはどのようにしてこの生に落ちたか
それはわからない
恐れや痛みがわたしたちをかき乱すとき
再生するために

人びとへと与えた愛を
感じるよりも素晴らしいことを
わたしたちは知らない

あなたはわたしの全てを

あなたという女性
あなたにはわたしの全てがある
そこにいなくとも、あなたの声が聞こえる
あなたの瞳のかがやきを見つめると
遠くにいようと近くにいようと

なんという女神の輝き
あなたの甘き美しさに光る
折り目ひとつなく装うことなく
彼女はわたしを包んでくれる

古い差し錠を壊す
そこにわたしは幸福を隠した
昔のおとぎ話が語る
わたしに、少年のようだと

忘我

あなたは自身に言い聞かせようとして
なみ外れたもののために表現を探し求めながら、
しかしその言葉は川の流れのように枯れてしまう
鈍い火傷――額に火照る眠りの一撃
灼熱のパルスを追いかけて

ひとつに収斂しなくてはならないために――
雷光は一度きりの、そのひとつに落ちた
運命に愛された人を描くひと
そのひとは、あの天空に住むことができる

神自身と天使たちが悠々と座るところ
そこに別荘を静かに持つように

チューリヒ

湖にうだるような太陽が憩うとき
そして微かな呼吸でかろうじて波を立てているとき
上下に揺れる静かな波
まるで熱いガラス、激しい真昼の灼熱のなか

穏やかに満ちる潮はどれほど心地よいだろう
静かに満たされて、眼を閉じる
流れはあなたのからだと手足に寄り添い
熱くなった血液を穏やかに冷ます

時は止まり、すべての願いは沈黙する
そして広大な静寂の空間に溶けてゆく
しかしあなたは、遥かなる境界に目をひらく

天が地に向かい傾く場所、そこで
霧のとばりの中から
この世のものとは思えないほど輝く
白い夢が立ちあがる
それは純粋な万年雪に覆われた山頂

白鳥

深い夕暮れの光のなかの、疲れた白鳥のように
日が暮れる前に丘を越えてゆく
いまだ空の境を縁どる最後の黄金色に酔って
その下には青い薄明が夢を見ているから

白鳥はその疲れきった飛行が
自身をどこに運んでゆくのか知らない
その広大な背後にはかれらの綿毛を育んだ巣
点のような影だけが増え、今はもう見えなくなり
色褪せたガラスに消えてゆく

かれらはけして元の場所には帰らない――
そうして友が次々と稜線の向こうに消えてゆくのを見る
いつも太陽に向かって
君は再び見つけることができるだろうか

九月半ば

なじみの人が通り過ぎたなら
太陽の輝きがふたたび訪れる
五月よりも鮮やかに光り輝く
並木道のあちこちで
舞い上がる木の葉のダンス
まるで花嫁のように
ゆたかな枝々を湖の水面に傾ける

しかし、ああ、新緑の季節は過ぎ去り
大胆で恐れを知らない計画は終わる

借りたもののみ償う翼
我々は疲れた白鳥
無になってゆく

こう言う人もいる——
信じてはいけない、歩いてゆけ
勇敢に、自由に
すべてを経過して死んでゆく
思いあがり、我を忘れることのみでは
破滅してしまうが
それが我々を新しく創造してくれる

あの五月よりも美しく
秋のきらめく光の中で渦を巻き舞い上がる
鮮やかな木の葉のダンス——

何も終わらない
今がここにある

報われる

なぜ美しい彼女が今日も
朝露のように若々しい
あたたかい唇をくれるのか
わたしは正直にいう

どんなときにも
愛を女性たちに捧げること以上に
現世の金銀細工や名声が重要なことはなかった
恋人からのキスほど
わたしにとって大事なものはなかった

人生そのものに夢を見ているとしばしばたしなめられたけれど
計算するより、韻を踏みたい
今、わたしは報われる

予感

この熾火も失われてしまったとしたら
すべてのうち影だけが残るとしたら
鈍いろうそくの光で壁に照らされて
疲れきったその燃える炉のような床で

灰色の白熱した灰がわたしたちを身震いさせて
ほの白い朝の光が描く不安げな縞模様
わたしたちは互いにつめたい手を握り
何も感じない――無さえも

そのような日々の灰色にだれが出遭いたかっただろう
新しい日焼けにあこがれはしない
早い旅立ちを祝福さえするだろう
人生を支えたものがすべて消え去るとき

Ⅱ章

IN ENGLISCHER SPRACHE

恋する者の秘密

月光の射す谷でナイチンゲールに会った
「その眼の輝きを見れば――」
鳥は言った
「あなたが恋していることは隠せない
言ってみなさい、誰に恋しているのか」

ナイチンゲール、からかわないでくれ
今は秋、風はつめたい
輝く太陽は去ってしまった
老いた男のベッドはほの暗く寂しい

柔らかな緑の丘を越えて
凍てつく断崖へと
安らぎを求めて登っていった
手の指はすっかりしびれてこわばっている
わたしは冷たい男の膝に身を寄せた
彼は言った

君は年老いて、わたしもそうだ
太陽が、空が恋しい
君が愛するのは誰か
君の顔を見ればわかる
心に想うのは
きっと愛らしい女の子だろう

わたしは氷河のような彼に応えた
ええ、そうです
騎士も少年も決して
わたしが抱くほど大きなよろこびを
抱いたことはないでしょう

しかし恐れと羞恥心が
彼女の名前を明かすのを禁じていた

彼の氷のような胸に
背中を押しつけて
わたしは高遠な空間を見つめた
星空の不滅の面輪は
安らぎを与えてくれた
そのかがやきは何も語らない

静寂の告げるものをわたしは想像した
無限の空間に散在する星々
彼方にあって汝らは
誰にもわたしの秘密を漏らすことはない
——その人の名は、ドロシー

祈り

わたしは永久《とわ》に見知らぬあの方に
神に祈った
春に大地から花を咲かせ
秋に祝福された果実で枝々をたわめる方
すべての喜びと歓楽をわたしから奪い去ってください
見捨てられた奴隷に、物乞いになってもいい
だから、尊いあなた自身をわたしにください
それだけがわたしの永遠の幸福だから

そのことであなたがわたしの貧しさを

共有することになったとしても恐れずに
わたしを受け入れ、抱きしめてください
そうすれば、わたしは地上でいちばん豊かな人間になり
あなたと固く結ばれる

もし一度の短い一生でこのことがなしとげられなかったとしても
その次の人生で、そのまた次の人生で
わたしは雄鹿に生まれかわり、あなたは愛される雌鹿になる
わたしは鷹のような雄鶏に、あなたは愛しい雌鳥に
見知らぬあの方が気に入るものであれば
何に生まれ変わってもいい
あなたがわたしのそばにいてくれるのなら…

いつかきみは

いつかきみは　留守のときに
きみのクッションにぼくが
百のキスをしたと
気づいたことがあるだろうか

いつかきみは　知らぬ間に
きみのベッドにぼくが
この心や唇を刻印するかと
考えたりするだろうか

いつかきみは
きみを窒息させてしまうほどに締めつける
狂おしいほどのぼくの愛を
なつかしく思い出すことがあるだろうか
いちど枯れてしまったら
もうきみを悩ませることもないこの愛を

愛のため息

わたしたちの愛は素敵な夢
深い、深い眠りのなかの
目覚めればわたしは叫び
すすり泣き、嘆くだろう

ああ、生き長らえて失いたくない
あなたのわたしへの愛を
そんな世界には
なぐさめなどない

わたしを抱きしめて
あなたの胸に休ませ
そして死なせてほしい
わたしにはあなたしかいない
深く長いため息をつく

いつかもしかしたら

あなたに腕をまわし
いとしい肩にやさしく憩う
あなたは素敵な頬をわたしの頭にもたせた
階下で踊る人々は
鳴り響く音楽とともに
くるくると回り、去っていった
わたしたちは静かに
望むこともなく、心楽しく——
わたしは、いつかもしかしたら

もしかしたら、と問いかけた
あなたが再び見知らぬ人になったり
ただのとても良い友人になったりするだろうか
どこかで出会えば
やあ、やあ懐かしいね
こんなところで会うなんて――
元気にしてたかい、と言葉を交わすような

どうかそんなことには、そんなことには
決してならないと言ってほしい
それを思い描くことはわたしにとって
死と破滅だから

海辺で

ウィックローの海辺で
水遊びをした後
お互いの口に含んだ、
口に含んだチェリーにキスをした
どんな意味があるのか教えてくれないか
愛しあう二人なら誰でもする一時の遊びなのか

ウィックローの海辺で
あなたの裸の腕に頬を寄せ
その裸の腕に身を寄せて眠った

教えてほしい、どんな意味があったのか
愛しあう二人なら誰でもする一時の遊びなのか

ウィックローの海辺で　いつの日か
わたしはあなたを一度きり抱きしめる
せいいっぱいの強さで一度きり抱きしめる
それはその時から
あなたがわたしから去らない
絶対に去ってゆかないことを意味する

妖精

あなたはわたしの女王
高貴な妖精の女王
あなたに跪き、頭をたれる
わたしの吐息は深い誓い
目に見えない領域まであなたを追い求める

紺碧の空にゆっくりと月が昇るとき
孤独な池にさざなみが輝く
あなたは憂いを帯びて銀の杖をかざし
白いつま先にキスするよう命じる

呪文のかかったキスは魔力を持ち
あなたを地上の乙女の姿に変える
眼には妖精の王国のすべてが輝き
わたしを女性の優しさで祝福する

あとがき――ひとつの熱情によせて

宮岡絵美

エルヴィン・シュレーディンガー（1887-1961, Austria）が詩集を一冊残していることを知ったのは、詩を書き始めた頃でした。波動力学をつくり上げ、ポール・ディラックとともにノーベル賞を受けた物理学者でありながら、詩集を一冊残しているという事実に私は興味を持ちました。彼はどのような作品を書いたのだろうか、と。

世紀末のウィーンの雰囲気とともに育ったシュレーディンガーの詩は、恋愛は基本的に扱わない私の作風とはずいぶん趣きの違った詩群だったため、時に距離を置きたくなる時もありました。作品から立ち昇る熱情に負け、マルクス・アウレリウスの自省録を読んで心を落ち着ける時もありました。しかし、濃いコーヒーやお酒を嗜むような心持ちで、彼の詩情を楽しむことができたように思います。

二度の世界大戦を越え、激動の人生を歩んだシュレーディンガーの作品は、一篇のなかでさえ、起伏に富んでいます。彼の、時に気高く高邁な、時に絶望を含む爛熟したポエジーを、できるだけ簡潔な表現に映すよう心がけたつもりです。難解な部分もありますが、詩集としては日本語訳がまだ出版されていないため、力不足ながらも、一応の訳文をつくることに多少の意義はあるのではないかと思っています。日本での著作権はなくなっていますので、可能であれば原文を読んで彼の情熱を味わっていただければと思います。

エルヴィン・シュレーディンガーはまた、奔放で複雑な個性・パーソナリティの持ち主だったようです。ある意味では、反面教師でもあることをいい添えておきます。

この日本語訳は、吉川千穂さん、滝口智子さん、金菱哲宏さんのご協力がなければつくることができないものでした。それぞれの心強いご尽力に深く感謝いたします。本書をあたたかい眼で送り出してくださった、田島安江さんをはじめとする書肆侃侃房のみなさま、芸術的な装幀をしてくださった毛利一枝さんに心より感謝申し上げます。

そして、私をいつも支えてくれる家族、詩人、友人、職場のみなさまに、深く広がるこの空一杯の感謝を捧げます。

２０２４年初秋

枚方、淀川のほとりにて

■著者

エルヴィン・シュレーディンガー (Erwin Schrödinger)

オーストリアの理論物理学者として知られる。1887-1961年。少年時代から多方面に興味と才能を示し、ギムナジウムでは自然科学の科目のほか、古典語文法の厳密さ、ドイツ詩の美を好んだ。ウィーン大学に学び、第一次世界大戦中には軍務につく。ド・ブロイの考えを拡張して「シュレーディンガーの波動方程式」を導き、物質の波動性に基づいた波動力学を提唱した。行列力学と波動力学の数学的等価性の証明など、量子力学の発展に大きく貢献した。1933年「新しい形式の原子理論の発見」により、ポール・ディラックとともにノーベル物理学賞受賞。著書に「生命とは何か」「わが世界観」がある。生涯を通じて共同研究者をもたず、独自の道を歩んだ孤高の研究者であった。ソルベー会議の際、リュックサックを背に駅からホテルまでを歩いた姿が、彼の人柄を示す逸話として語られている。

(参考:ブリタニカ国際大百科事典、日本大百科全書)

■訳・編者

宮岡絵美（みやおか・えみ）

詩人。大阪府枚方市生まれ。京都工芸繊維大学繊維学部応用生物学科卒業。地方公務員。増井哲太郎により作曲され、紀尾井ホールで初演された組曲「平行世界、飛行ねこの沈黙」（2014年、カワイ出版）は神戸大学、早稲田大学、北海道大学、同志社大学、札幌市の合唱団等により演奏されている。詩集「境界の向こう」（2015年、思潮社）「鳥の意思、それは静かに」（2012年、港の人）詩集二冊とCDがハーバード大学図書館に所蔵（2017年）。POETRY(Chicago)に詩作品掲載（2022年）。

WEB SITE: POETICA
https://www.emi-miyaoka.net
BLOG
https://emiyaoka.blogspot.com

ドイツ語協力

吉川千穂

北海道札幌生まれ。北海道大学文学部卒業。
同大学大学院文学研究科博士課程修了。
博士（文学）。専門はドイツ文学。ドイツ語翻訳者。

英語協力

滝口智子

静岡県生まれ。北海道大学文学部卒業。
ライデン大学博士課程修了。
博士（文学）。英語文学研究者、翻訳者。

金菱哲宏

大阪府生まれ。京都大学文学部卒業。
同大学大学院文学研究科博士課程単位取得退学。
修士（文学）。専門はインド哲学。ヨーガ教師。

参考文献

・「独和大辞典」第 2 版（小学館 , 1997 年 11 月）
・「コンサイス外国地名辞典」第 3 版（三省堂 , 1998 年 4 月）

シュレーディンガー詩集　恋する物理学者

2024年9月18日　第1刷発行

著者　エルヴィン・シュレーディンガー
訳・編者　宮岡絵美
発行者　池田雪
発行所　株式会社 書肆侃侃房（しょしかんかんぼう）

〒810-0041　福岡市中央区大名2-8-18-501
TEL 092-735-2802　FAX 092-735-2792
http://www.kankanbou.com
info@kankanbou.com

編集　田島安江
ＤＴＰ　藤田瞳
印刷・製本　シナノ書籍印刷株式会社

ISBN978-4-86385-637-0 C0098